I
Betsi Fflur, Eigra Gwilym, Enia Dafydd,
Arthur Ifor, Myfyr John a Caradog Gwion

Doedd neb yn y byd i gyd yn gallu
chwarae pêl-droed fel y **Dyn Dweud Drefn**.
Roedd o wrth ei fodd yn cicio, penio a gwibio
efo'r bêl. A dweud y gwir, roedd y
Dyn Dweud Drefn yn meddwl mai fo
oedd y gorau yn y byd am chwarae pêl-droed!

Un diwrnod braf o haf, penderfynodd
y Dyn Dweud Drefn estyn ei hen bêl-droed,
ei hen gôl a'i hen git pêl-droed o'r cwt bach pren
yn yr ardd. Roedd heddiw yn ddiwrnod
perffaith i chwarae pêl-droed!

Roedd y Ci Bach yn llawn cyffro
– roedd yntau hefyd wrth ei fodd yn
chwarae pêl-droed, ac yn edrych ymlaen yn fawr
i gael gêm efo'r Dyn Dweud Drefn.

O'r diwedd, ar ôl tuchan, stryffaglu a lot fawr
o ddweud y drefn wrth osod y gôl yng ngwaelod
yr ardd, roedd y Dyn Dweud Drefn yn barod
i ddechrau chwarae pêl-droed.

Gosododd y Dyn Dweud Drefn y bêl
ar lawr o flaen y gôl. Roedd y Ci Bach
yn ysgwyd ei gynffon fel fflamiau,
yn barod i roi cic enfawr i'r bêl.

Ond cyn i'r Ci Bach gael pawen ar y bêl,
dyma'r Dyn Dweud Drefn yn ei yrru oddi ar y cae!
Dydi cŵn ddim yn gallu chwarae pêl-droed, siŵr iawn,
ac yn sicr dydi'r Ci Bach ddim yn gallu chwarae!

14

Pwyntiodd y Dyn Dweud Drefn
at ochr y cae, ac aeth y Ci Bach yno
i eistedd efo'i gynffon rhwng ei goesau.

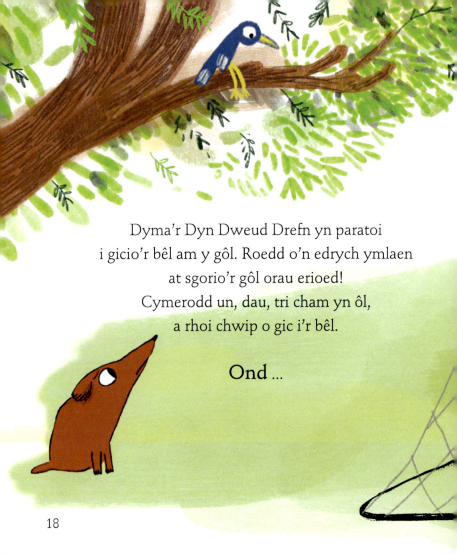

Dyma'r Dyn Dweud Drefn yn paratoi
i gicio'r bêl am y gôl. Roedd o'n edrych ymlaen
at sgorio'r gôl orau erioed!
Cymerodd un, dau, tri cham yn ôl,
a rhoi chwip o gic i'r bêl.

Ond ...

Aeth y bêl ddim yn agos at gefn y rhwyd ...
ond i'r gwrych drain pigog!

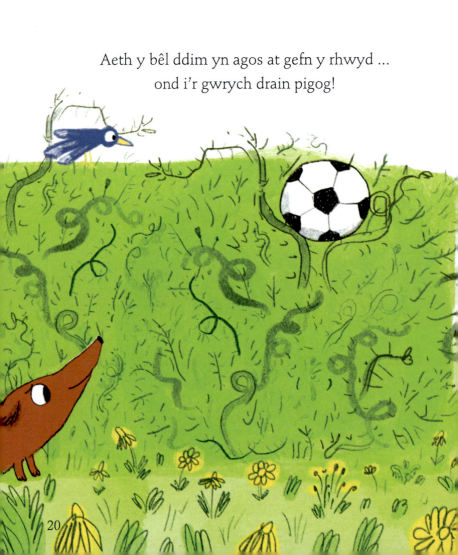

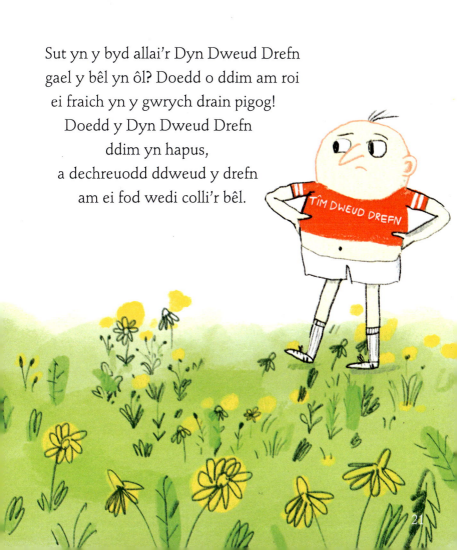

Sut yn y byd allai'r Dyn Dweud Drefn
gael y bêl yn ôl? Doedd o ddim am roi
ei fraich yn y gwrych drain pigog!
Doedd y Dyn Dweud Drefn
ddim yn hapus,
a dechreuodd ddweud y drefn
am ei fod wedi colli'r bêl.

21

Ond roedd y Ci Bach yn ddewr,
a neidiodd i ganol y gwrych pigog
a chicio'r bêl yn ôl i'r Dyn Dweud Drefn.

23

Roedd y Ci Bach yn siŵr y byddai'n cael chwarae
pêl-droed rŵan, ond cyn iddo
gael pawen ar y bêl, dyma'r Dyn Dweud Drefn
yn ei yrru oddi ar y cae!

Dydi cŵn ddim yn gallu chwarae pêl-droed,
siŵr iawn, ac yn sicr dydi'r Ci Bach
ddim yn gallu chwarae!

Pwyntiodd y Dyn Dweud Drefn at ochr y cae,
ac aeth y Ci Bach yno i eistedd
efo'i gynffon rhwng ei goesau.

Gosododd y Dyn Dweud Drefn y bêl
o flaen y gôl unwaith eto. Roedd o'n sicr
y byddai'n sgorio chwip o gôl y tro yma.

Cymerodd y Dyn Dweud Drefn un, dau, tri, pedwar cam yn ôl, a rhoi cic enfawr i'r bêl. Roedd o'n barod i ddathlu ei fod wedi sgorio gôl arbennig, **ond** ...

30

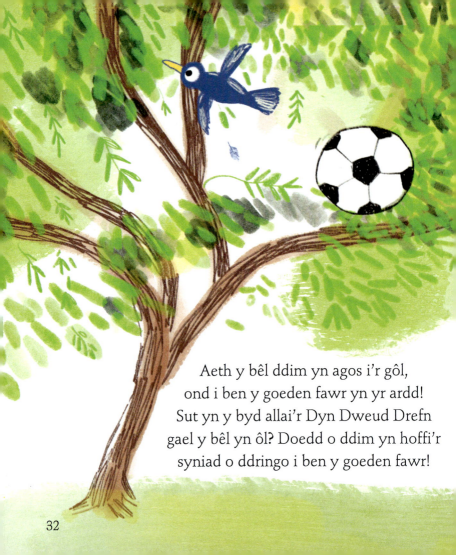

Aeth y bêl ddim yn agos i'r gôl,
ond i ben y goeden fawr yn yr ardd!
Sut yn y byd allai'r Dyn Dweud Drefn
gael y bêl yn ôl? Doedd o ddim yn hoffi'r
syniad o ddringo i ben y goeden fawr!

Doedd y Dyn Dweud Drefn
ddim yn hapus, a dechreuodd
ddweud y drefn am ei fod
wedi colli'r bêl.

Ond roedd y Ci Bach yn ddewr,
a dringodd i ben y goeden
a thaflu'r bêl yn ôl
i'r Dyn Dweud Drefn.

35

Roedd y Ci Bach yn bendant y byddai'n
cael chwarae pêl-droed rŵan, ond cyn iddo
gael pawen ar y bêl, dyma'r Dyn Dweud Drefn
yn ei yrru oddi ar y cae!
Dydi cŵn ddim yn gallu chwarae pêl-droed,
siŵr iawn, ac yn sicr dydi'r Ci Bach
ddim yn gallu chwarae!

Pwyntiodd y Dyn Dweud Drefn at ochr y cae,
ac unwaith eto aeth y Ci Bach yno
i eistedd efo'i gynffon rhwng ei goesau.

Gosododd y Dyn Dweud Drefn
y bêl o flaen y gôl unwaith eto.

Roedd o'n dechrau teimlo'n flin iawn erbyn hyn ac yn benderfynol o sgorio'r gôl orau erioed.

Cymerodd un, dau, tri, pedwar, pum cam yn ôl
y tro yma, a rhedeg nerth ei draed tuag at y bêl
a rhoi **ANFERTH** o gic am y gôl!

Roedd y Dyn Dweud Drefn ar fin dathlu ei fod wedi sgorio gôl arbennig, **ond** ...

Aeth y bêl ddim yn agos i'r gôl,
ond i'r pwll dŵr yn yr ardd – **sblash!**

Sut yn y byd allai'r Dyn Dweud Drefn gael y bêl yn ôl?
Doedd o ddim am fynd i'r dŵr oer yn y pwll!

Doedd y Dyn Dweud Drefn ddim yn hapus,
a dechreuodd ddweud y drefn am ei fod wedi colli'r bêl.

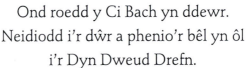

Ond roedd y Ci Bach yn ddewr.
Neidiodd i'r dŵr a phenio'r bêl yn ôl
i'r Dyn Dweud Drefn.

Ond doedd y Dyn Dweud Drefn
ddim yn cymryd sylw o'r Ci Bach
– roedd o'n rhy brysur yn dal i ddweud
y drefn, a glaniodd y bêl ar ben mawr
y Dyn Dweud Drefn!

Gwyliodd y Dyn Dweud
Drefn y bêl yn bownsio
oddi ar ei ben a tharo'r tŷ …

ac yna'r pot blodau …

50

... ac yna'r cwt bach pren

... ac yna i mewn i'r gôl!

51

Dyma'r Dyn Dweud Drefn yn dechrau neidio,
stompio a chwifio ei freichiau
wrth weiddi nerth esgyrn ei ben!

Dechreuodd y Ci Bach
gerdded oddi ar y cae
efo'i gynffon rhwng ei goesau,
ond yna ...

… gwelodd y Ci Bach mai
dathlu oedd y Dyn Dweud Drefn
– dathlu ei fod wedi
sgorio gôl o'r diwedd!

Gyda help y Ci Bach, roedd y Dyn Dweud Drefn
wedi sgorio gôl gampus! Roedd o wrth ei fodd!

Efallai fod y Ci Bach **YN** gallu chwarae
pêl-droed wedi'r cwbl!
Roedd o wedi nôl y bêl o'r gwrych …
ac o ben y goeden … ac o'r pwll dŵr …
Ac wedi helpu'r Dyn Dweud Drefn
i sgorio'r gôl orau erioed!

Ac am y tro cyntaf y diwrnod hwnnw,
gwenodd y Dyn Dweud Drefn
ar y Ci Bach.
Byddai croeso mawr iddo
ar y cae pêl-droed o hyn ymlaen!

Y Diwedd